世界经典童话小说书

U0676134

# 魔　　鸟

著者 / 巴多梅洛·瑞欧 等　　编译 / 王春莉 等

吉林出版集团股份有限公司 | 全国百佳图书出版单位

**图书在版编目（CIP）数据**

　　魔鸟／（智）巴多梅洛·瑞欧等著；王春莉等编译.--
长春：吉林出版集团股份有限公司，2016.12
　　（世界经典童话小说书系）
　　ISBN 978-7-5581-2116-6

　　Ⅰ.①魔… Ⅱ.①巴… ②王… Ⅲ.①儿童故事－作
品集－世界 Ⅳ.①I18

　　中国版本图书馆CIP数据核字（2017）第065113号

# 魔鸟

## MO NIAO

著　　者　巴多梅洛·瑞欧 等
编　　译　王春莉 等
责任编辑　沈　航
封面设计　张　娜
开　　本　16
字　　数　50千字
印　　张　8
定　　价　18.00元
版　　次　2017年8月　第1版
印　　次　2020年10月　第4次印刷
印　　刷　三河市嵩川印刷有限公司
出　　版　吉林出版集团股份有限公司
发　　行　吉林出版集团股份有限公司
地　　址　长春市绿园区泰来街1825号
电　　话　总编办：0431-88029858
　　　　　发行部：0431-88029836
邮　　编　130011
书　　号　ISBN 978-7-5581-2116-6

儿童自然单纯，本性无邪，爱默生说："儿童是永恒的弥赛亚，他降临到堕落的人间，就是为了引导人们返回天堂。"人们总是期待着保留这份童真，这份无邪本性。

每一个儿童都充满着求知的欲望，对于各种新奇的事物，都有着一种强烈的好奇心，这样在成长的过程中就不可避免地被好的或坏的事物所影响。教育的问题总是让每个父母伤透了脑筋，生怕孩子们早早地磨灭了童真，泯灭了感知美好事物的天性。童话很好地解决了这个问题，让儿童始终心存美好。

徜徉在童话的森林，沿着崎岖的小径一路向前，便会发现王子、公主、小裁缝、呆小子、灰姑娘就在我们身边，怪物、隐身帽、魔法鞋、沙精随时会让我们大吃一惊。展开想象的翅膀，心游万仞，永无岛上定然满是欢乐与自由，小家伙们随心所欲地演绎着自己的传奇。或有稚童捧着双颊，遥望星空，神游天外，幻想着未知的世界，编织着美丽的梦想。那双渴望的眸子，眨呀眨的，明亮异常，即使群星都暗淡了，它也仍会闪烁不停。

童心总是相通的，一篇童话，便会开启一扇心灵之窗，透过这扇窗，让稚童得以窥探森林深处的秘密。每一篇童话都会有意无意地激发稚童的想象力和感知力，让他们在那里深刻地体验潜藏其中的幸福感、喜悦感和安全感，并且让这种体验长久地驻留在孩子的内心，滋养孩子的心灵。愿这套《世界经典童话小说书系》对儿童健康成长能起到一点儿助益，这样也算是不违出版此书的初心了。

编者

2017年3月21日

# 目录
**MULU**

# 魔　　鸟

　　很久以前，有一个神秘的族群，人们称他们为祖鲁人。这些人都是技能熟练的猎人，个个身怀绝技，英勇善战。

　　他们以少胜多，战胜了很多其他部落，在付出沉重的代价后，终于在一个叫"山羊深渊"的地方，建立了自己的家园。现在族人们都过上了好日子，可酋长高兴不起来，因为在战争中，他失去了六个儿子。尽管酋长有着超凡的能力，但却不能再见到死去的儿子们。

　　一天，酋长满脸忧愁地和手下牟巴塔坐在广场上聊天。

　　"唉，我再也见不到我的儿子们了，我就要后继无人了。"酋长悲伤地说。

"怎么会呢，酋长，您还有一个儿子啊，就是您第七个儿子库龙梅，他是多么英勇强壮啊！"牟巴塔安慰道。

"可库龙梅天生就不会说话啊！"酋长叹了口气，不禁流下眼泪。

酋长和牟巴塔默默地望着远方，那是他们和敌人曾经生死决战的地方。他仿佛看见六个儿子穿着古铜色的盔甲，披着火红的战袍，在战场上奋勇杀敌。

但是，那一场战役十分惨烈，酋长的六个儿子都倒在了血泊里。他们用生命保卫了家园，杀退了前来侵犯的敌人。

酋长每天都坐在广场上，一坐就是一天，嘴里不时地叫着儿子们的名字。牟巴塔总是默默地陪着他。

一天早上，酋长照例来到广场，还没坐稳，就见牟巴塔慌慌张张地跑了过来。

"酋长，这几天发生了一件怪事儿，有七只羽毛华丽的鸟儿，鸟头鲜红，每天早晨都会落在我家围墙上。它们一点儿也不怕人，甚至还瞪着眼睛看我，叽叽喳喳叫个不停，好像要跟我说话。它们在围墙上歇息一会儿，就排成一行，朝山羊深渊那边飞去。"牟巴塔喘着粗气。

酋长听后心里一动，他的六个儿子正是在山羊深渊附近战死的。

"牟巴塔，你知道吗，一定是上天听见了我的祈祷，那几只鸟儿一定是魔鸟，我的六个儿子战死了，一个儿子是残疾，所以这七只魔鸟一定是上天派来的。"酋长喜出望外。

"接下来应该怎样做呢?"牟巴塔问道。

"我要命令我的小儿子库龙梅和其他六个小伙子一块儿去。"酋长兴奋地说。

牟巴塔挑出六个力气最大的小伙子，把他们带到酋长面前。

"孩子们，无论如何都要捉住那七只魔鸟，鸟儿往哪儿飞，你们就往哪儿追，如果有人挡住你们的路，你们要拼死和他决斗。"酋长命令道。

"酋长请放心，我们一定把鸟儿带回来。"几个年轻人信心十足。

库龙梅也跟他们一块儿前往，他是个身强力壮、聪明伶俐的青年，只可惜天生不会说话。

酋长为他们准备了最结实的盾牌和最尖锐的长矛，族人

们编织出七个结实的鸟笼。

七个小伙子带着鸟笼，拿起长矛和盾牌，连夜动身来到牟巴塔的家。

他们在牟巴塔家住了一夜，第二天天还没亮，七个小伙子就起来了。

这时天色微微发亮，晨光中，牟巴塔看见七只魔鸟像平时一样落在围墙上，用手示意七个小伙子悄悄跟上。

这些年轻人刚靠近鸟儿，七只鸟儿便飞上天空，排成一行，向山羊深渊方向飞走了。

七只鸟儿飞飞停停，像是在引导着七个小伙子，他们追着鸟儿跑了两天。

在鸟儿的指引下，他们走进森林，发现了一个陌生的部落。大家感到非常奇怪，虽然这里离山羊深渊并不算很远，却从没听说过有这样一个部落。

部落里的人衣着和配饰都是很久以前的样式，言语举止也很奇怪。

"这也许是以前被父亲和哥哥们打败过的一支部落。"库龙梅想。

这时，魔鸟又往前飞走了，七个小伙子也跟着离开了。

他们穿过森林，突然被一条大河拦住去路。

七只魔鸟在河边叫着，然后落在一条破旧的木船上。

库龙梅带领大家把船推到河里，向对岸划去。很快他们就渡过大河，登上了陡峭的河岸。

已经追了三天了，鸟儿终于飞累了，停下来。小伙子们靠近魔鸟，看清楚了鸟儿身上五颜六色的羽毛。

夜晚，他们终于悄悄走近魔鸟。

库龙梅走在最前面，朝着灌木丛中的一只鸟儿飞扑过去，一把抓住了它的长尾巴。

"我捉住啦，我捉住啦!"库龙梅欣喜地叫喊道。

其他几个人都在忙着捉鸟，谁也没听见库龙梅说话，最后每个人都抓住了一只魔鸟。

大家都很高兴，气喘吁吁地把鸟儿放进鸟笼，然后笑容满面地聚到一起。

"好漂亮的鸟儿，真是让人欢喜啊！"库龙梅笑着说。

大家突然一愣，这才意识到发生了奇迹——库龙梅竟然会说话了。

"咱们应该快点儿完成任务，把魔鸟交给我父亲，再让他听听我的声音。"库龙梅高兴地说。

七个小伙子一连跑了三天，都累坏了。他们把鸟笼门紧紧关好，躺在地上睡着了。

第二天早晨，他们动身往回走。

奇怪的是，一直晴朗的天空，突然乌云密布，淅淅沥沥下起雨来。

"我们冒雨赶回去吧！"一个小伙子说。

"不，不能让雨水打湿魔鸟的羽毛。"库龙梅不想让鸟儿受到一点儿伤害。

大家小心翼翼地护着鸟儿，用自己的身体为鸟儿挡雨，耐心地等待着雨停。

天渐渐暗下来，夜幕就要降临了。

"我们得找个地方过夜。"库龙梅果断地说。

周围都是高大的树木，根本没有一个能休息的地方。他们小心地护着鸟儿，艰难地寻找能过夜的地方，突然发现前方空地上有一间大屋子。

七个小伙子走进屋子，屋里一个人也没有，可是炉子里的火烧得正旺。

他们烤干了衣服，又吃了点儿东西，然后舒服地睡下了。深夜，库龙梅突然警觉地醒来，发现炉子里的火灭了，屋里一片漆黑。

"香喷喷的肉味儿，一、二、三、四、五、六、七，一会儿我先吃这个，最后吃那个。"库龙梅听见一个人粗声粗气地说。

库龙梅大气儿都不敢出，接着，听见有人走了出去，就急忙唤醒同伴。

"我们进的是食人怪的家。"库龙梅小声说道。

同伴们睡得正香，突然被叫醒，发现周围很平静，怎么能是食人怪的家呢？大家都不信，认为是库龙梅在做噩梦。

"这样吧，咱们安排一个人看守，其余六个继续睡觉，还是小心点儿好。"库龙梅建议。

不一会儿，看守的小伙子就听见门开了，食人怪进屋把睡觉的人又数了一遍。

"我先吃哪个呢？唉，一个人吃也没什么意思，还是去请兄弟们过来一起大吃一顿吧！"说着，食人怪又离开了。

食人怪刚一走，看守的小伙子就叫醒了熟睡中的同伴。库龙梅带领大家来到大河边，找到了那只船，急忙划船来到对岸。这时，大家才感觉安全了。

晨曦从树间射过来，库龙梅招呼大家起身。

"快起来，我们得往回赶了，大家拿好自己的东西，别忘了手中的鸟笼！"库龙梅嘱咐道。

这时，他才发现，只有他一个人没有鸟笼。原来，库龙梅在指挥大家离开时，把鸟笼忘在了食人怪家。

"必须取回鸟笼!"库龙梅说。

起初同伴们想一同回去取,但库龙梅说什么也不同意,他认为这是他自己的过错,应该由他一人去冒险。

"如果我们把酋长的儿子丢了,拿这些鸟儿回去又有什么用呢?"一个小伙子担心地说。

"酋长已经失去了六个儿子,我们不能让他再失去最后一个儿子。"另一个小伙子附和道。

"酋长还从没听见过库龙梅的声音，我们不能让他去冒险！"大家议论纷纷。

"不要怕，我把我的长矛插进土里，如果它完全不动，说明我安然无恙；如果它发抖，说明我遇到了危险；假如它倒在了地上，就说明我死了。"库龙梅坚定地说。

话音未落，库龙梅就像一阵风似的消失在树林中。

同伴们紧张地围着库龙梅的长矛坐了下来，只好耐心地等待了。

一开始，长矛还稳稳地立在那里，一动不动，当太阳升起来时，长矛突然微微发抖，后来越抖越厉害。大家的心跟着紧张起来，看到长矛一点点弯下去，弯下去……大家都屏住了呼吸，紧张地观察，不知道怎么办才好。当长矛就要碰到地面时，又慢慢地挺直，最后恢复了平静。

"太好啦！"小伙子们欢呼起来。

原来，离开同伴后，库龙梅穿过树林，渡过大河，一路小跑地往食人怪家赶，生怕那只鸟儿遭遇不测。他跑到泉水边，见一个奇怪的老太婆坐在那里。

"你上哪儿去?"老太婆问道。

"昨天夜里，我在食人怪家里睡觉，把我捉到的一只鸟儿忘在那儿了，我得去取回来。"库龙梅焦急地说。

"食人怪可不是好对付的，你不怕吗?"老太婆接着问。

"不怕!"库龙梅坚定地回答。

"看得出你是个勇敢的人，但是万一食人怪追赶你，单凭你的力量是对付不了他的。"老太婆对库龙梅说。

"我要怎么做才能取回鸟儿呢?"库龙梅问道。

"假如食人怪追你，你就把这瓶油脂撒在石头上，或许能得到帮助。"老太婆掏出一个瓶子。

库龙梅接过瓶子，把它系在腰带上，然后匆匆向食人怪家赶去。

他小心翼翼地爬到林中空地附近，看到一群食人怪正在房子前面聚会。

库龙梅偷偷溜进房子，寻找魔鸟。

这时，他听到了魔鸟的叫声，顺着声音找到了魔鸟。

库龙梅蹑手蹑脚地拎起鸟笼，准备溜出食人怪家。

"怎么又有人肉的香味儿?"一个食人怪突然说道。

"果然有人肉的香味儿。"另几个食人怪用鼻子到处嗅。

食人怪们发现了库龙梅，跳起身来追赶他。

库龙梅拼命地跑，眼看就要被追上了。这时，他想起了老太婆给他的瓶子。

库龙梅立即从瓶中倒出一点儿油脂，撒在石头上，只见食人怪们扑到石头上一顿乱抢。

库龙梅趁机加快了脚步，可没跑多远，又听到后面传来沉重的脚步声。库龙梅知道食人怪们又追上来了，就把剩下的油脂全部撒在石头上。

食人怪们去抢石头上的油脂，这为库龙梅争取了一些时间。库龙梅拼命地跑，可过了一会儿，食人怪们又追了上来。油脂已经用完，库龙梅无计可施。他暗下决心，绝不能让魔鸟落到食人怪手里。他打开鸟笼，魔鸟飞上天空。

库龙梅听到食人怪们狂呼怪叫地追着鸟儿跑。在鸟儿的掩护下，库龙梅逃出了森林。

库龙梅很伤心，因为毕竟还是没有取回魔鸟。

"我一定要找到那只魔鸟。"库龙梅擦干眼泪，继续寻找魔鸟。

"啾啾，啾啾"，库龙梅听见魔鸟的叫声，顺着声音看到那只魔鸟竟然回到了他的鸟笼中。

库龙梅高兴地提起鸟笼，飞奔猛跑。

"库龙梅回来啦！"同伴们高兴得手舞足蹈。

"食人怪一定会追过来，我们赶紧跑。"库龙梅对大家说。

果然，小伙子们远远地看见食人怪正朝他们追来。他们像受惊的羚羊一样，穿过森林，越过丘陵。

"他们追来了。"一个小伙子回头一看，不禁叫了起来。

"我们怎么办？"小伙子们上气不接下气。

他们太累了，实在跑不动了。这时，一块巨大的岩石挡住了去路。岩石很光滑，根本没有办法爬过去。他们抬头一看，巨大的岩石上坐着一个小矮人。

"站住！"小矮人喊道。

"食人怪在追我们，我们一旦停下来，就会被吃掉的！"库龙梅说。

"你们愿意到我的房子里坐一会儿吗？"小矮人滑到地面上。

库龙梅看了看周围，哪里有什么房子，只有一个圆圆的大岩石。

小矮人拍了拍岩石，岩石慢慢裂开一道缝儿，从石缝中望进去，里面是一个很深的岩洞。

"钻进去吧！放心，这里是最安全的地方，食人怪就要追上来了。"见七个小伙子有些犹豫，小矮人催促道。

现在已经别无选择了，于是他们提着鸟笼钻进了岩洞。

小矮人最后一个进来，只见他一拍手，岩石就慢慢关上了。不一会儿，就从岩石旁传来了杂乱的脚步声和叫喊声。

食人怪顺着小伙子们的脚印，追到了岩石边，却找不到脚印了，就用鼻子闻，也许是闻到了味儿，猜出他们躲在岩石里。于是，食人怪就用牙齿啃岩石，想把岩石啃开。

"不用怕，你们很安全，不管是巨人还是食人怪，他们都进不来。"小矮人说。

食人怪想尽办法也没进来，只好放弃追杀，回家去了。七个小伙子和七只魔鸟终于安全了。

一个小伙子随身带着一根芦笛，他吹起芦笛，七只魔鸟也跟着叽叽喳喳地叫起来，小矮人和其他几个小伙子则跳起舞来。

小伙子们把危险的旅行经过详细地讲给小矮人听。小矮人看了库龙梅半天，然后用小手拿起他的长矛摸了又摸。

"这是一根被施过魔法的长矛，现在通过我的手指，赋予了它更大的力量。"小矮人用力地握住长矛，闭上眼睛，嘴里发出可怕的声音。

小伙子们听得毛骨悚然。最后，小矮人把库龙梅叫到一边，趴在他耳朵上小声说了半天话。

"你是个勇敢的青年，所以会得到奖赏！"小矮人说道。

小伙子们安然地睡了一大觉，醒来时，岩石的出口已经敞开，好心的主人不知去向。

库龙梅小心地从岩石中走出来，东张西望，看食人怪们是不是躲起来了。

四周静悄悄的，他们确定安全后，就提着鸟笼，高高兴兴地踏上了回家的路。

酋长每天都在等待着七个小伙子回来，今天已经是第七天了。

酋长久久地眺望着山峦的尽头，一条羊肠小路在山坡上蜿蜒着。他眺望了很久，可小路上连只兔子都没有。他的心里很悲伤，难道连最小的儿子都留不住了吗？

酋长失望地低下了头，心想，难道上天没能感受到他虔诚的祈祷，还是孩子们不够勇敢，或是自己的判断有误？

酋长怎么也想不通这究竟是怎么一回事儿。

太阳落山了，酋长脸上现出极度悲伤的表情。

"他们已经走了六天，今天是第七天！"牟巴塔低下了头，叹着气。

他感觉这一切都是自己的错，假如自己不告诉酋长七只魔鸟的事儿，也许就不会是现在的结果。

"唉，明知道酋长思子心切，怎么不好好劝他呢！酋长因此失去了最后一个儿子，族里也损失了七个好青年。"牟巴塔暗自责备自己。

全族人都静静地等待着，但此刻大家心灰意冷了，库龙梅的妈妈轻声哭泣起来。

天已经暗下来了，酋长绝望地看了一眼山峦的尽头——一个人影都没有。

突然，一个青年拉起酋长。

"那不是他们吗？一、二、三、四、五、六、七，他们都回来了！"青年用整个部落都能听见的声音喊道。

"我们捉住了魔鸟，我也能开口说话啦！"远处传来一个清晰的声音。

大家顺着声音望去，果然有七个人出现在羊肠小路上。

"一共是七个，他们全回来了！"大家激动地数着。

全部落里的人欢呼着，跑去迎接七个小伙子。

可是，七个小伙子突然停了下来。

"我们按照小矮人说的那样排好。"库龙梅说。

在苍茫的暮色中，他们面朝部落排成一排，把魔鸟放在脚边。

库龙梅挥舞长矛，来到其余六人的魔鸟前，嘴里说着小矮人教他的话。

奇迹出现了，从每只鸟笼里出来的不是鸟，而是身材魁梧的青年——酋长战死的六个儿子全部复活了。

酋长激动得热泪盈眶，亲吻着每一个儿子。

他们个个身穿红色披风，排成一行，注视着"山羊深渊"方向，默默地感谢老太婆和小矮人的帮助。

原来，老太婆和小矮人感受到了酋长的祈祷，所以才施展法术帮助他们。

"我要奖赏你们，并把你们的勇敢记录下来，让祖鲁人的子孙后代都记住你们。"酋长高兴地说。

夜晚，全族人都聚集到广场上，点上火把，穿上节日的盛装，载歌载舞，欢呼雀跃。

从此以后，祖鲁人过上了幸福祥和的生活。

# 无畏的女孩儿

酋长乌吉库露迷有一个美丽非凡的女儿，叫恩桐冰洁。她的性格和同部落的其他女孩儿完全不一样。

别家的女孩儿都老老实实待在家里，干活多，说话少，不管遇到什么事情，都是听天由命，从不自作主张。

但是恩桐冰洁从不肯向命运低头，非常勇敢，喜欢冒险。因此，人们都说她是一个假小子。

传说，在离乌吉库露迷部落不远的地方，有一条神秘的伊露兰加河。

河里有一个怪物，经常出来吃人。恩桐冰洁听到这个消息，反复请求父亲，说想去伊露兰加河看看。

但父亲始终没有答应她。恩桐冰洁是家中几个姐妹里长得最好看的女孩儿，父亲又是酋长，所以向她求婚的人络绎不绝，可她一个也没答应。

"你要想让我答应婚事，必须先让我去伊露兰加河看看。"恩桐冰洁对父亲说。

父亲没有办法，只好答应了女儿的要求。恩桐冰洁穿戴整齐，挑选了几个健壮的女仆，带好弓箭和干粮，沿着山路就出发了。

山路十分险峻，到处都是悬崖峭壁，乱石枯树，还不时有蛇和狼出没。

为了壮胆，恩桐冰洁大声唱起歌来，还不停地给女仆们讲故事。女仆们在她的感染下，也都高兴地唱起来。

她们一边唱歌，一边打闹。不知不觉，天色暗下来。这时，恩桐冰洁仿佛听到了水的咆哮声，连忙挥手示意伙伴们停止喧闹。大家侧着耳朵，顺着发出声响的方向找去。

阴森恐怖的峡谷中间，有一座茂密的大森林。在森林的掩映下，有一条湍急的河流。河水撞击着大石头，发出震耳欲聋的响声。

"这就是大名鼎鼎的伊露兰加河！"恩桐冰洁叫喊着。

大家扯着树枝，好不容易下到谷底，在一个略显平坦的地方停了下来。可能是由于树影的缘故吧，这里的水呈碧绿色，非常清澈。

"咱们走了这么久，下去洗个澡吧！"恩桐冰洁说。

大家脱下衣服，摘下佩戴的装饰品，小心翼翼地放在岸边的一块石头旁，手拉着手走进水里。

"我们玩儿打水仗吧！"恩桐冰洁提议。

"我去方便一下。"一个女仆说。

"好的，快去快回。"恩桐冰洁答应道。

"你们快上来，我们的衣服不见啦！"那个女仆撕心裂肺地吼叫着。

大家纷纷上岸，找遍了所有地方，也没有找到自己的衣服和装饰品。

"一定是传说中的妖魔鬼怪之母——伊吉苦马偷走了我们的衣裳。"女仆们哭哭啼啼。

"我听说这个妖魔非常讲义气,你们如果恳求它,它就会把衣服还给你们!"恩桐冰洁安慰大家。

"好心的伊吉苦马,我不是有意要冒犯您,是公主把我

带到这里。我闯入了您的圣地，打扰了您的安宁，十分对不起！请您念我不懂事，把衣服和首饰还给我吧！"一个女仆跪在地上，一边磕头，一边祈求。

她的话音刚落，衣服和饰品就回到了手中。女仆高兴极了，一边磕头谢恩，一边穿衣打扮。

其他女仆看到这么灵验，全都跪地恳求。伊吉苦马把衣服和饰品也都还给了她们。大家都穿戴好了，只有恩桐冰洁还赤身站在那里。

"我是公主，是伟大的乌吉库露迷酋长最美丽的女儿，宁可去死，也不会向任何妖魔鬼怪下跪求情。"恩桐冰洁义正言辞。

她的话还没说完，只见一个像癞蛤蟆般丑陋的脑袋从河水里钻出来，灯泡一样的眼睛闪着幽幽的绿光。

它张开血盆大口，一下就把恩桐冰洁吞进肚子里。女仆们吓得发出惨叫，连忙四处奔逃，有的跑丢了鞋，有的撞破了脑门，有的被刺藤拉破了脸。可是，她们哪里敢停步，一口气跑回乌吉库露迷酋长的家。

听了仆人们的汇报，酋长勃然大怒，立刻下令集合队伍，选派了三千名弓箭手、三千名长矛军和三千名大刀队，去营救他可爱的女儿。

大家连夜赶路，马不停蹄，艰苦跋涉，刚来到大峡谷边缘，还没等找到走下谷底的路，就看见了那只巨大的怪物正张牙舞爪地从水中站起。

士兵们被吓得四散溃逃，可还没等跑多远，只听一阵风声，都被伊吉苦马吞进了肚子里。

伊吉苦马吞完这些人，就顺着峡谷的斜坡向上爬去。在它面前，高大的树木像小草一样渺小。不一会儿，伊吉苦马就爬到了谷顶。它向四周看了看，然后朝乌吉库露迷部落爬去。部落里的士兵见到这个庞然大物，连忙跑回去报信。村中的男女老少闻听此信，全都战战兢兢，四处逃命。有些人还心生妙招，找了个地洞，藏了进去。可无论他们逃到哪里，都被怪物找出来吸进肚里，就连猫狗都没能幸免。乌吉库露迷酋长和他的家人也都被怪物吞掉了。

伊吉苦马吞完了乌吉库露迷部落的所有生灵，觉得不过瘾，又向一个叫克拉阿尔的部落爬去。克拉阿尔部落里有一个叫索巴比力的人，力大无穷。在他十五岁那年，部落里举行打擂比赛，比赛的内容是与老虎和狮子对打。

索巴比力上台后，一拳打死了老虎，一脚踢飞了狮子。因此，村民封他为大力神。

索巴比力十八岁那年，娶了一个年轻貌美的妻子，生了一对漂亮可爱的双胞胎儿子。

白天，他上山打猎，妻子在家照看一对可爱的宝宝。索巴比力把打到的猎物拿到集市上卖，换取他们生活必需品。一家四口相亲相爱，过着幸福快乐的日子。

伊吉苦马来到克拉阿尔部落，大开杀戒，见人就吞，见牲畜就吃。无奈，索巴比力的妻子抱着两个年幼可爱的孩子，拼命朝丈夫打猎的大山跑去。

索巴比力的妻子想要跑到丈夫身边，寻求丈夫的保护，可还没等跑多远就被伊吉苦马追上了。

为了保护孩子，她不惜跪下来向它求情。伊吉苦马根本不听索巴比力妻子的苦苦哀求，一口吞掉她，然后又吞了两个孩子。

等把所有村子里的人和牲畜都吞光后，它才心满意足地找了个地方睡起觉来。

太阳就要落山了，索巴比力打到了两只豹子和一只狗熊。他把三只猎物往身后一背，哼着小曲向家中走去。

刚回到部落，索巴比力就被眼前的景象惊呆了。全村的房屋东倒西歪，有的干脆就坍塌了。

没有鸡飞，没有狗跳，更没有牛羊的叫声，到处都是死一样的寂静。

一种不祥的预感笼罩心头，索巴比力连忙快走几步，来到自家门前。

房子倒了，妻子和儿子不见了。看到这些景象，索巴比力一屁股坐到地上。

　　过了好一阵，索巴比力才从地上站起来。他知道，村子里发生了这么大的灾难，一定是可怕的怪兽伊吉苦马干的。

　　索巴比力要找回妻子和儿子，为乡亲们报仇。他拿起家中的一个长矛，开始寻找伊吉苦马。

　　"水牛兄弟，你见到伊吉苦马了吗？它毁坏了全村的房屋，抢走了我的妻子和儿子，我要报仇！"在一个水塘边，索巴比力遇到了一头水牛。

　　"哦，是那个两只大眼睛的伊吉苦马吧，我看见它了，你往前走！"水牛说。

　　"谢谢你！"说完，索巴比力就朝水牛指的方向追去了。

　　在一片丛林里，他见到了三只豹子。

　　"豹子兄弟，你见到伊吉苦马了吗？它毁坏了全村的房屋，抢走了我的妻子和儿子，我要报仇！"索巴比力说。

　　"哦，是那个两只大眼睛的伊吉苦马吧，我看见它了，你往前走！"豹子说。

　　"谢谢你！"说完，索巴比力就朝豹子指的方向追去了。

翻过了一座座山，越过了一道道岭，他看到前面有一个大山丘。

大山丘上有两个样子十分可怕的小山丘。小山丘闪着绿幽幽的亮光，十分吓人。

"这是什么东西？天呐，这不就是我要找的那个可恶的

伊吉苦马吗!"索巴比力拿起手中的长矛,对着面前这个庞然大物,用尽平生的力气,朝它的咽喉刺去。

伊吉苦马还没来得及躲闪,索巴比力就把长矛一下子刺进咽喉。伊吉苦马大叫一声倒在地上。

索巴比力连忙拔出长矛,使劲儿划破了伊吉苦马的肚皮。那些被它吞进肚里的人和动物,都一个个钻出来。

恩桐冰洁是最后一个从伊吉苦马肚子里走出来的。她的父亲板着脸把她训斥了一顿。

恩桐冰洁随父亲回到部落,每天和大家一起干活,发誓要用辛勤的汗水弥补自己的过错。

在全村人的共同努力下,毁坏的村子被重新建好,人们又开始过着幸福美满的生活。

恩桐冰洁听说在部落的北方,有一个叫克拉克尔的部落。部落酋长的儿子被人施了魔法,变成了蛇人。这个消息让她很伤心。

"女儿,你该出嫁了。"这天,乌吉库露迷酋长来到女儿的房间。

"是的，父王，女儿已经给自己找到了一个丈夫。"恩桐冰洁说。

"他是哪个部落的王子?"父亲忙问。

"他已经不是王子了，是蛇人。"恩桐冰洁小心地回答。

"什么，你疯了吧，这么多的贵族、王子你不嫁，偏偏要嫁一个蛇人，岂有此理!"说完，父亲愤愤而去。

恩桐冰洁的母亲沙娜达是酋长的第五个老婆，由于恩桐冰洁胆大妄为，使她受到了很多责备。

这次，恩桐冰洁要嫁给蛇人的想法更使她的母亲颜面扫地，整日泪流满面，苦苦劝说着女儿。可不管父亲如何动怒，母亲如何劝说，恩桐冰洁就是要嫁给蛇人，并以死要挟。父母决定不许恩桐冰洁吃饭，想以此让她屈服。七天过去了，恩桐冰洁已经饿得起不来床了，可就是不同意父母的安排。

父母实在没有办法，就答应了她的要求。当仆人把这个消息告诉恩桐冰洁的时候，她的脸上露出了笑容。

经过几天调养，恩桐冰洁很快恢复了健康。又过了几天，她来到父母的房间。

"爸爸妈妈，谢谢你们答应了我的请求，谢谢你们的养育之恩！我这次出行，就不再回来了，请你们多多保重，好好照顾自己！"说完，恩桐冰洁起身走出父母的房间。

第二天，她带了几个女伴，动身去寻找蛇人。经过几天长途跋涉，恩桐冰洁来到了克拉克尔部落。

"这里的房子真大，装潢真精美，到处都是黄金、白银、珍珠、玛瑙、钻石、翡翠……"她仔细观察着周围。

在这硕大、豪华的宫殿旁边，还修建了七八个规模略小的宫殿。据说这些小宫殿都是给酋长的妻子建造的。恩桐冰洁一个一个地参观着，发现在这些大宫殿的后边，有一个不起眼的小房子，听说这是酋长第一个妻子的住处。

"有人吗?"恩桐冰洁一边敲门，一边问。

"你是谁，你找谁?"一个满脸皱纹的老妇人问道。

"我叫恩桐冰洁，是乌吉库露迷酋长的女儿。我来这里，是要找蛇人王子，我要嫁给他！"恩桐冰洁回答。

"你为什么要嫁给蛇人呢？"老妇人给她开了门。

"因为我听说蛇人是克拉克尔酋长和第一任夫人所生的第一个孩子，因为太出色了，所以受到诬陷，变成了蛇人。他实在是太可怜了，所以我要嫁给他！"恩桐冰洁回答。

"原来是这么回事，美丽善良的公主，你的心肠太好了！"老妇人眼含泪花。

"那您知道我去哪里能够见到我未来的丈夫吗？"恩桐冰洁问。

"看你这么真诚，那我就帮帮你吧！孩子，请跟我来！"老妇人把她领进自己的小房子。

"您真好！"恩桐冰洁在老妇人的额头上吻了一下。

这是一个十分简陋的房间，里边除了一张床和一把椅子，没有任何物品。

暗黑色的楠木床上，叠着一床绣花的蚕丝被。虽然名贵，却十分陈旧。这些东西已经用了很多年，但是非常洁净，说明主人是一个爱干净并且很讲究的人。

老妇人让恩桐冰洁先在床上休息一会儿，自己去给她弄点儿吃的。恩桐冰洁爽快地答应了。这时，一个士兵走了进来，告诉恩桐冰洁说酋长要接见她。

"你就是恩桐冰洁公主吗?"坐在虎皮宝座上的克拉克尔酋长问。

"酋长大人，我就是乌吉库露迷酋长的女儿恩桐冰洁。"公主回答。

"我听说你是来找蛇人的?"克拉克尔酋长很惊讶。

"是的，我就是来找蛇人的，我要嫁给他!"恩桐冰洁的回答很坚定。

"你不知道蛇人已经失踪好多年了吗?"克拉克尔酋长继续问。

"可是我也听说，只要心诚，什么事情都能办到!"恩桐冰洁回答。

"你真是一个执着的姑娘，告诉你，蛇人是我的第一个儿子，可是因为犯了错，受到了惩罚，所以变成了蛇人。变成蛇人后，他就失踪了。我曾经派了好多人寻找，都没能如愿，难道你能找到他吗？我有好多儿子，个个都身怀绝技，武艺高强，不如你在他们中间挑选一位做你的丈夫，我会祝福你的！"克拉克尔酋长劝道。

"除了蛇人，我谁都不嫁！"恩桐冰洁斩钉截铁。

"那好吧，既然你这么坚决，我也就不阻拦你了。来人，给这个可怜的姑娘造一座小房子！"酋长大声吩咐着，然后挥了挥手，让士兵把她带出王宫。

小房子很快就建好了，恩桐冰洁独自住在那里。当天傍晚，老妇人来了，带着很多食物。

"我是蛇人的妈妈，是克拉克尔酋长的第一任夫人，叫玛妮奥加。你要嫁给我的儿子，这令我非常感动。我怕你一个人寂寞，就过来陪陪你。"她告诉恩桐冰洁。

夜色深了，玛妮奥加告别了恩桐冰洁，回到自己的房间睡觉去了。

恩桐冰洁也躺在床上，迷迷糊糊地睡着了。第二天醒来，她发现昨天玛妮奥加带来的食物全都不见了。这让她感到十分奇怪，隐约记起昨晚做了一个梦，梦里来过一个青年，自称是蛇人，还在一起吃了饭，聊得非常开心。

"可那是一个梦啊，屋子里的食物怎么会不翼而飞呢，难道蛇人真的来见自己了吗？"恩桐冰洁忍不住胡思乱想。

就这样一天过去了，天色渐渐暗下来。玛妮奥加又送来了食物，和昨天一样，夜色深了就独自回去睡觉了。

恩桐冰洁心揣疑问，不敢轻易睡去，倚在床上，闭着眼睛，静静等待着奇迹出现。

不知过了多长时间，她已经等得有些不耐烦了，正在昏昏欲睡的时候，一只温暖的大手在她的脸上轻轻抚摸，这让她感到很舒服。

"你是蛇人吗？"恩桐冰洁连忙睁开眼睛，只见一个人首蛇身的男子正站在自己面前。

"我就是蛇人。"蛇人回答。

"你住在哪里?"恩桐冰洁特别开心。

"我住在地下。"蛇人温柔地看着她。

"你是怎么进到我的房子里的?"恩桐冰洁十分不解。

"是我的妈妈告诉了我你的情况,把我带进来的。"蛇人回答。

"那我们结婚吧!"恩桐冰洁迫不及待。

"你为什么要嫁给我?要知道,我是犯了罪的蛇人,是一个不能见人的幽灵,你嫁给我,对你一点儿好处都没有。我有那么多的兄弟,他们个个家财万贯,你为何不嫁给他们呢?"蛇人一脸疑惑。

"我不贪图珠宝,不贪图权位。我喜欢你在被人陷害后,还能平静地过着非人的生活,这种心胸是任何人都做不到的。这样好的人,我为什么不嫁给他呢?"恩桐冰洁的态度十分明确。

恩桐冰洁的一番话深深感动了蛇人，蛇人将她搂在怀里，激动的泪水滚滚而下。

"你能给我几根你的头发吗?"他松开恩桐冰洁。

恩桐冰洁二话没说，剪下几根头发交到他的手上。蛇人

捧着头发，对着天空，嘴里念着几句咒语。

只见蛇人的鳞片慢慢退去，最后，出现在恩桐冰洁面前的是一位高大英俊的男人。恩桐冰洁禁不住热泪盈眶，一下子扑到蛇人的怀里。蛇人抱起自己可爱的新娘，在房子里唱啊，跳啊，真是快活极了。

"我们赶快把你恢复人形的喜事告诉给我们的妈妈玛妮奥加吧！"天快亮了，恩桐冰洁搂着蛇人的脖颈。

还没等他们出门，玛妮奥加正好来敲门。恩桐冰洁连忙把门打开，把她请进屋。

望着和自己阔别十年的儿子，玛妮奥加悲喜交加。这十年来，母子俩过着暗无天日的生活。

自从儿子被诬陷，玛妮奥加的第一夫人宝座就被别人夺去了，不得不像平民一样住在狭小的房子里。为了心爱的儿子有朝一日能恢复人形，她坚强地活着。

恩桐冰洁用坚贞不渝的爱情，使儿子恢复了人形，她怎么能不开心呢？

三个人在一起高兴了好久，才想到把蛇人恢复人身的事情告诉给克拉克尔酋长。为了给克拉克尔酋长一个惊喜，他们商定先由玛妮奥加出面向他报告，然后恩桐冰洁再同蛇人出面，免得他过于激动。

"快酿啤酒！"商量好后，玛妮奥加来到克拉克尔酋长议事的宫殿。

"你疯了吗，既不是节日，又没有什么喜事，酿什么啤酒！"克拉克尔酋长大声训斥着自己这位失了宠的老婆。

"一件天大的喜事已经降临到我们克拉克尔家的头顶上了！"玛妮奥加欢喜地叫着。

"什么样的喜事让你都快发狂了？"克拉克尔酋长问。

"爸爸，我们来看您了！"恩桐冰洁和蛇人出现在他面前。

"这是真的吗？"克拉克尔酋长简直不敢相信这个失踪十年的儿子又站在自己面前。

当他明白了儿子为什么会变成蛇人的时候，十分生气，打算重重惩罚那些坏人。

"父王，您就赦免了那些坏人吧！虽然他们让我变成了蛇人，遭了十年的罪，可我得到了一位世界上最美丽、最善良的新娘！"蛇人说。

"好吧，我就不去惩罚那些罪人了，希望他们以后不会再犯同样的错误。"克拉克尔酋长怜爱地看着自己的儿子。

恩桐冰洁与王子的婚礼如期在新建成的宫殿举行，宫殿里响起一片热烈的欢呼声。

乌吉库露迷酋长也被克拉克尔酋长请来了，望着自己如花似玉的女儿和高大英俊的女婿，乐得嘴都合不上了。

克拉克尔酋长把玛妮奥加叫到议事殿，当着大家的面，亲自把第一夫人的王冠戴在她的头上，又把一根又粗又大的野猪尾巴赏给她。

玛妮奥加非常开心，连忙匍匐在地，不停地亲吻克拉克尔酋长的脚。

要知道，那根野猪尾巴意味着自己的儿子能够登上酋长

宝座，为克拉克尔民族造福，她怎能不欣喜若狂呢！

克拉克尔酋长把恩桐冰洁叫到面前，拿出一根豹子尾巴赏给她，并希望她早日为克拉克尔家族传宗接代，产下一位健康的孩子，这样自己就能安心地颐养天年了。

部落里的人们看见玛妮奥加重新成为了第一夫人，克拉克尔王子恢复了人形，并被定为未来酋长的接班人，还娶到了一位那么勇敢善良的妻子，无不欢欣鼓舞。大家一致认为，王子和恩桐冰洁是世界上最幸福的人。

许多年以后，克拉克尔酋长已经不在了，接替他的正是恩桐冰洁的丈夫——克拉克尔王子。

现在的克拉克尔部落，被"蛇人"治理的井井有条，百姓们过着安居乐业的日子。

恩桐冰洁生了五个孩子，老大是一个男孩儿，长得非常帅气，像他父亲一样。

老二是唯一的公主，既像父亲，又像母亲，非常聪明伶俐，惹人喜爱。

　　剩下的三个是三胞胎。克拉克尔王子每天处理完事务归来，都要和他们一起玩儿。从此，一家人过着幸福快乐的生活。

# 幺 丫 头

　　从前，有一个农夫娶了三个妻子。他偏爱其中的两个，时常亲昵地叫她们大爱妻和二爱妻。

　　大爱妻和二爱妻每天都睡懒觉，起来就是擦红抹脂，家里的活计全给了三妻子。

　　三妻子不但得伺候她们，还时常遭到她们的欺负和辱骂。在大爱妻和二爱妻的挑唆下，农夫更是看三妻子不顺眼。三个妻子谁也没有生孩子，农夫为此十分苦恼。

　　一天，他听说城里正在卖一种药，不生育的妇女要是吃了这种药，马上就会怀孕。

农夫马上进城，给大爱妻和二爱妻每人买回一大包。

仗着丈夫的宠爱，大爱妻和二爱妻当着三妻子的面吃药，最后还将吃剩下的药渣儿倒掉。

三妻子怕她们都有孩子，自己没孩子会更受欺负，就悄悄把药渣儿捡回来，用水洗干净，然后吃下去了。

没过多久，三个妻子同时怀孕了。九个月后，她们又在同一天各自生下一个女儿。由于三妻子是最后吃的药，所以也是最后生的。

孩子们出生的第七天，农夫举行了一个隆重的仪式，邀请亲朋好友前来参加。

农夫给大爱妻的女儿起名为阿萨贝，给二爱妻的女儿起名为蒂姐。

见丈夫不给自己的女儿取名，三妻子抱着女儿，伤心地流下了眼泪。

仪式结束后，三妻子抱着女儿来到丈夫面前。

"孩子她爸，虽然你讨厌我，但她是你的亲骨肉，给她取个名字吧！"三妻子哀求道。

农夫既不吭声，也不给起名。

"你就给女儿起个名字吧，看在我这么多年在家里忙活的份儿上。"三妻子哭着说。

"真叫人讨厌，那就叫幺丫头吧！"农夫不耐烦地说。

"幺丫头，幺丫头！这个名字好听，我的女儿也有名字啦！"三妻子兴奋地说。

几年后，阿萨贝、蒂姐和幺丫头都长大了。

农夫每次进城回来，都要给阿萨贝和蒂姐买些花布做衣服，却不给幺丫头买。

在这个家庭中，幺丫头和她的母亲一样，是个受大伙儿厌恶的人，吃的是剩饭剩菜，在家里得不到一点儿温暖。

三个孩子到了出嫁的年龄，农夫为阿萨贝和蒂姐定了亲，她俩先后嫁了人。

大爱妻和二爱妻觉得幺丫头也该出嫁了，免得在家浪费粮食。

在大爱妻和二爱妻的怂恿下，农夫用马把幺丫头驮到一片荒山野地，在茂密的丛林里遇见了一条大蛇。

"幺丫头，从此以后你就跟着这条蛇，它爬到哪儿，你就跟到哪儿。"农夫命令道。

"父亲，我一定按照您说的话去做。"幺丫头答应道。

农夫觉得把幺丫头和蛇放在一起，蛇肯定会把她吃掉。

当他把这件事儿告诉大爱妻和二爱妻后，她俩高兴得手舞足蹈。三妻子知道这件事儿后，什么也没说，因为知道自己救不了女儿，或许此时女儿已经被蛇吃掉了。

三妻子只能在每天晚上，哭喊着女儿的名字。

幺丫头被亲生父亲扔到丛林后，按照父亲所说的去做，蛇爬到哪儿，她就跟到哪儿。

有时蛇爬到树上，她就在树下耐心等候。

"你不怕我吗?"蛇问道。

"我不怕你。"幺丫头回答说。

这时，蛇爬到幺丫头身上，在她的脖子上缠绕了一圈又一圈。过了一会儿，蛇又从她的身上爬下来，盘曲在地上，张着大嘴。

对蛇的这些举动，幺丫头没有露出丝毫害怕的样子。与此同时，幺丫头的母亲正在遭受大爱妻和二爱妻的挖苦。

"我女儿出嫁后生活得可好啦，正享清福呢，吃的是上等人吃的粮食，穿的是富人穿的衣服。等过些日子她回来，给我们送好吃的、好穿的，眼馋死你!"大爱妻摇头晃脑。

"你的幺丫头可就惨了，不是被蛇吃掉，就是变成野女人了!"二爱妻轻蔑地说。

幺丫头的母亲难过极啦，但始终没吭一声。

其实，幺丫头所追随的蛇，是一个王子变的。

原来，王子想找一个称心如意的少女作妻子，但始终没有找到。为此，王子吃不下饭，睡不着觉。国王和王后也急得团团转。

一天深夜，王子在睡梦中，梦见一个使者告诉他，去丛林中变成一条蛇等候在那里，一定会等到他的妻子。

按照梦中的情景，王子变成一条蛇等候在丛林中，最终等到了幺丫头。

蛇发现幺丫头的性情是这样温柔，就紧紧地盘起身子，越盘越紧，当几乎盘成一条线时，立马变成了一个英俊的小伙子。

王子拉着幺丫头的手，仔细端详着她，越看越喜欢。

"你父亲为什么把你扔在这荒山野地里呢？他不怕大蛇把你吃掉吗？"王子不解地问道。

幺丫头把自己和母亲在家里受虐待的情况，一五一十地告诉了王子。

"这一切都过去了。"王子安慰道。

王子带着幺丫头回到了王宫，人们十分惊讶。

"快来看看这个少女啊，她可真漂亮！"人们议论纷纷。

王子把事情原原本本地向国王讲述了一遍。

见到幺丫头，国王也十分高兴，为儿子能找到这样貌美的姑娘感到欣慰。

接着，国王亲自带着王子和幺丫头去见王后，王后见了更是高兴得合不拢嘴。

国王和王后当场下令，盖两幢金碧辉煌的房子给王子和幺丫头婚后住。一幢盖在王宫里，一幢盖在王子和幺丫头相遇的丛林边。

房子很快就盖好了，国王在王宫里为王子和幺丫头举行了隆重的婚礼。

婚后，王子经常陪幺丫头游山玩水，他们过上了幸福美满的生活。

在农夫家里，大爱妻和二爱妻对幺丫头的母亲的嘲笑和挖苦越来越厉害。

"瞧你个没出息的样儿，生的孩子也没出息。"大爱妻指着她的鼻子说。

"你的幺丫头在干什么呢？估计早就不在人世啦！"二爱妻一边说，一边炫耀她的女儿是如何出息，是何等富贵。

她们越说越来劲，越吹越大，恨不得把幺丫头贬到土里，把她们的女儿捧到天上去。

其实，这时候的农夫，还有他的大爱妻和二爱妻对幺丫头后来的情况根本就不知道。

三个妻子总是这样吵闹，农夫也觉得不舒服，也想知道女儿们过得怎么样。

一天，农夫吃过早饭，就对妻子们说要去看看女儿们。

不管她们生活得怎么样，当父亲的也应该去看看女儿。

农夫拿着一只随身的口袋就出门了。

大爱妻、二爱妻和幺丫头的母亲目送她们的丈夫离开，其实她们都在担心着女儿的生活。

特别是幺丫头的母亲，担心得更多，一是怕女儿被蛇吃了，二是怕她变成了野人。

三个妻子在家里就这样盼着，心里各怀心事。

农夫去的第一家，是大爱妻女儿阿萨贝的家。一进门，他看见女儿和女婿正在吃用野老鼠肉做的饭和菜。

见父亲来了，阿萨贝连忙端上来一大碗老鼠肉让他吃。

农夫吃了一半，把另一半倒进随身带的那只口袋里。

"我要把剩下的这些带给你母亲，让她看看你吃的是什么。"农夫对阿萨贝说。

吃完饭，女婿就出去干活儿了，阿萨贝陪着父亲唠了些家常。这样，农夫也就知道了阿萨贝的日子过得怎么样啦！

下午，农夫告别了大女儿阿萨贝和女婿，带着老鼠肉往二爱妻的女儿蒂姐家走去。

　　傍晚时，农夫来到二爱妻的女儿蒂姐家，一进门，就见女儿和女婿正在吃用米糠做的饼和用苦番茄做的汤。

　　"父亲，家里发生什么事情了吗?"见父亲来了，女儿蒂姐赶紧问道。

"没有，是我太想你们了，就过来看看。"农夫解释说。

蒂姐急忙拿来两张饼，端来一碗汤让父亲吃。农夫吃了一张饼，把另一张放进随身带的口袋里。

"我要把剩下的这张饼带给你母亲，让她看看你吃的是什么。"农夫说。

农夫住了一夜，第二天早上，告别了女儿和女婿，带着老鼠肉和米糠饼，向上次扔下幺丫头的丛林走去。

农夫想看看幺丫头是不是被蛇吃了，便带着一肚子的疑问，去看个究竟。

他走着走着，眼前突然出现一座金碧辉煌的房子，再一看，院子外面有几个女孩儿在井边提水。

"姑娘们，你们好！我太渴啦，请求你们给我一点儿水喝好吗?"他走上前去，对女孩儿们说。

"这水是为幺夫人准备的，瞧你这一身的脏衣服，也配在这桶里喝水吗?"一个女孩儿仔细打量了他一番。

农夫被女孩儿说得满脸通红，羞得连手都不知道往哪儿放才好。但他听说是为"幺夫人"准备的，不禁疑惑，是不是自己的女儿幺丫头呢？

"姑娘们，请告诉我这位幺夫人是谁？"想到这里，农夫忍气吞声地问道。

女孩儿们瞪了他一眼，赶紧站得离他远远的。

"请你们回答我的问题，幺夫人是谁，她在哪里？"农夫再次以请求的口气问道。

"别老缠着我们，真是讨厌！你打听幺夫人干什么？你这个样子，还想到她的家里去，我担心你弄脏了她家的地毯。"女孩儿不耐烦地说。

听见女仆们正在同别人吵架，幺丫头就从楼上的窗户往下看，发现女仆们正在和自己的父亲争吵。

幺丫头叫来一个仆人，让她把这位老人带到她的窗户下面来。

农夫来到房子前面，见一位漂亮的女郎站在窗口，没看出来这就是他的女儿幺丫头。

幺丫头看看父亲，从窗口扔下一件新的男士上衣。

农夫接住从楼上扔下来的衣服，发现衣服是用高级布料做成的，上面绣有丝线，在阳光下闪闪发光。农夫捧着衣服，仔细看来看去，从没见过这么漂亮的衣服。就在这时，楼上又扔下了裤子、帽子和鞋子。

农夫换好衣服后，左看看，右看看，觉得自己都不认识自己了。

"夫人请你上楼去。"一个仆人对农夫说。

农夫来到楼上，这才看清刚才站在窗口的竟是他的女儿幺丫头。

农夫一再请求幺丫头原谅自己。幺丫头最终原谅了他，父女俩抱头痛哭。

看到女儿过上这样好的日子，农夫感到非常高兴。幺丫头把自己同蛇在丛林中的情况，还有蛇变回王子同她成婚的过程详细讲了一遍。农夫听后感到惊讶不已。

幺丫头为父亲准备了一桌山珍海味，还安排房间让他休息。王子从外面回来，穿着长筒皮靴扑通、扑通地从房间门口经过时，看见房间里躺着一个老人，也没说什么就走过去了。当王子走进自己的房间时，看见幺丫头皱着眉头，没同他说一句话，感到很纳闷儿。

无论王子问什么，幺丫头都不吭一声。

"今天发生了什么事情，你怎么了？"王子不解地问。

"你看见我父亲在房间休息，怎么不问候一声？你不尊重我父亲，我生气啦！"幺丫头噘着嘴。

"原来是这样，我这不是才知道嘛，请原谅我吧！"王子态度十分诚恳。

他赶紧脱掉长筒皮靴，跑进农夫的房间，请求他的原谅。农夫在幺丫头家住了三天，第四天早晨，起身打算回家去。王子和幺丫头见挽留不住，就让仆人牵来两匹马，一匹马上驮满钱财和礼物，另一匹马让父亲骑着回家去。

三个妻子见丈夫骑着马、穿着高级衣服回来了，完全变成另外一个人，知道这一定是女儿送的，但又不知道是哪个女儿送的。

大爱妻和二爱妻都在想，这一定是自己的女儿送的。

三个妻子站成一排在门口迎接农夫。

幺丫头的母亲此时最想知道的就是幺丫头是否还活着，如果活着，她在野外怎么生存？如果不在……她不敢想下去。看着大爱妻和二爱妻一个劲儿地献殷勤，三妻子什么也没说，低着头站在那里，不敢搭话。

要是在平时，农夫一定会痛骂她一顿，可是今天农夫眯着眼睛看了她一会儿。

天很快就黑了，农夫告诉三个妻子，他这几天很累，要一个人休息一下。

三妻子回到房间后，由于没有问到幺丫头的情况感到很不舒服，一夜都没睡好觉。

第二天，农夫叫来大爱妻和二爱妻，同时也把三妻子叫到了跟前。

"您是在叫我吗?"三妻子不敢相信。

"是的，我叫你。"农夫笑着说。

三妻子走到大爱妻和二爱妻的后面站着。

农夫来到三妻子面前，拉着她的手，让她坐在自己身边。农夫今天这种举动，让大爱妻和二爱妻感到十分惊讶，斜着眼睛看着三妻子。

这时农夫打开那只随身带的口袋，拿出老鼠肉，交给大爱妻。

"我到阿萨贝家时，她和丈夫正在吃的就是这个东西。"农夫说。

接着，农夫又从口袋里拿出一张米糠饼交给二爱妻。

"这是我到蒂姐家时，她和丈夫正在吃的东西。"农夫把饼递给二爱妻。

最后，农夫取出四匹花布、很多金币和其他礼物交给三妻子。

"这是幺丫头让我带给你的，她还单独给了我其他礼物。有了幺丫头，我们以后的生活就不用愁了。"农夫拉着三妻子的手。

三妻子接过礼物，高兴得热泪直流，因为这证明幺丫头还活着，而且活得好好的，过着好日子。

大爱妻和二爱妻气得站了起来，大声吵闹，说她们的女儿带回来的东西，肯定不是丈夫交给她们的东西。

她们不相信幺丫头会带回这样珍贵的礼物，一起骂丈夫在捣鬼。

农夫连理都不理他们，拉起三妻子，起身走进房间。

"从今天起，这个房子就是我们俩的房子，你和幺丫头都是善良的人，本应该受到尊敬，过去都是我不好，听了她们的谎话，任由她们欺负你。这次我到幺丫头那里去，她不但没有怨恨我，还给我吃山珍海味，穿绫罗绸缎，这是何等的胸怀呀！是你们娘俩教育了我，我要谢谢你们娘俩！"农夫十分懊悔。

从此，农夫不再理会大爱妻和二爱妻了。

日子一天天过去，大爱妻和二爱妻也一天比一天吵得凶，就是不相信这是真的。

无奈，农夫决定把三个女儿都叫回来，让她们的母亲亲自看看自己的女儿。于是，他当天就派人分头去送信。

第二天清晨，幺丫头在女仆的陪同下，骑着马回来了。

一到家门口，幺丫头就悄悄地让仆人把钱财赶紧搬进她父亲的屋子里，然后让仆人骑着马赶快回去，她则留在了父亲的屋子里。

这一切由于动作迅速，也没出现任何响声，大爱妻和二爱妻还在睡梦中，自然什么也不知道。

天完全亮了，太阳已高高地挂在天空。大爱妻和二爱妻起床了，见自己的女儿还没回来，就焦急起来。

"天都亮了，女儿怎么还没回来呢？"大爱妻十分疑惑。

"不能不回来吧？"二爱妻也很焦急。

"你说那些布料是不是我女儿阿萨贝给的？"大爱妻问二爱妻。

"也许是我女儿蒂姐给我的呢！"二爱妻说。

正在两人你一句我一句地说话时，阿萨贝和蒂姐回来了，每人手里挎着一个小包。

大爱妻和二爱妻高兴地拉着自己女儿的手，坐在房屋前休息。

阿萨贝打开小包，取出送给母亲的礼物，是一块有臭味的老鼠肉。

蒂姐也打开随身带来的小包，取出送给母亲的礼物，是几张硬得像石头一样的米糠饼。

大爱妻和二爱妻互相看了看对方，这才相信了丈夫之前的话。但是她们怎么也想不明白，幺丫头被扔进丛林里，不但没被蛇吃掉，怎么还变成了有钱人？

大爱妻和二爱妻这两个精灵鬼，相互递了个眼神，各自从自己女儿送的东西中，取出一些送给三妻子。

"这有阿萨贝和蒂姐送给你的礼物。"两人对三妻子说。

"谢谢，这是幺丫头的一点儿心意。"幺丫头的母亲接过大爱妻和二爱妻的礼物，又拿了很多宝石送给她们。

阿萨贝和蒂姐见幺丫头送的是这样珍贵的礼物，一声没吭，悄悄地走了。

大爱妻和二爱妻接过宝石，虽然表面上显得很高兴，但内心还是不相信幺丫头真会这样富有。

"幺丫头回来了吗，让我们看看好吗?"大爱妻说。

这时，幺丫头从房间走出来，身穿华丽的衣服，完全是一副贵妇人的派头。大爱妻和二爱妻张着嘴、瞪着眼，完全惊呆了。

农夫告诉大爱妻和二爱妻，幺丫头现在是王妃。

幺丫头在家里住了两天，农夫让大爱妻和二爱妻炒菜、做饭。

幺丫头要走的那天，来了很多仆人，骑着马来接她。

大爱妻和二爱妻想到自己女儿的生活，想到对三妻子的讽刺挖苦，最后都应验在自己身上，觉得没有脸再见人，都匆忙地收拾了行李，躲进荒野丛林里去了。从此以后，三妻子和农夫在一起过上了幸福美满的日子。

# 贝基尔的奇遇

在一个王国里，有个城市。这个城市只有一口水井，百姓们吃水非常困难。

在打水的人群中经常出现一位衣着破旧、长相丑陋的老太婆。她的个子矮小，走起路来摇摆不稳，好像一阵风都能把她吹倒似的。

老太婆结婚多年没有孩子，为此夫妇二人每天都很苦恼。一天早晨，老太婆早早来到井边排队打水，等到太阳都快落山了，还是没有打到水。

这口井距离地面很深，老太婆力气小，没有办法把水从深井里打上来。这时候，一位年轻人便想动员周围的人帮助一下老太婆。

"各位帮帮这位老人家吧！咱们每人匀出一碗水给她吧！"年轻人说道。

在场的人听他这么一说，都觉得在理，纷纷行动起来。

每个人从罐子里舀出一点儿水，递给了老太婆。接着，那位年轻人从井里提上水递给老太婆。

"感谢你，感谢大家伙儿！你们会有好报的。"说完，老太婆饱饱地喝光了一大碗水。

老太婆喝饱水后，走起路来都有劲儿了。

回到家里，老太婆骄傲地向丈夫说了大家热心帮助她的事儿。

"他们都是好人，会有好报的。"丈夫高兴地说道。

这天夜里，老太婆做了一个梦。

梦中一个人对她说："你喝了井里的水，你已经怀上了孩子。他长大以后会是这个城市的最高统治者。"

没几天，老太婆真的怀孕了。之后，老太婆经历了幸福而又痛苦的怀胎过程，最后生下了一个男孩儿。

老太婆怀孕生子的消息被当成一个特大新闻传到了卢姆国王耳朵里。听说老太婆竟然怀孕了，还生了个男孩儿，国王非常生气。

"我绝不能让这个男孩儿长大，你们必须想办法把这个男孩儿除掉！"国王对手下的人说。

国王认为长相丑陋的老太婆生下的孩子肯定是个不祥之人。城里很多妇女平时总是瞧不起老太婆，听说她生了一个孩子，都七嘴八舌地议论起来。

"这个丑陋的老太婆一定是喝了井里的水才怀孕的。这么大的岁数还能怀孕生子，她简直是个巫婆，肯定会给我们带来灾难的。"人们开始议论纷纷，散布谣言。

你们谁有办法把这个男孩儿弄来杀掉？我必有重赏。"国王打定主意要杀掉这个男孩儿。

"这个男孩儿的降临很不一般。"一个仆人说道。

"让我们杀死这么小的孩子，实在是残忍啊！不如这样，我们先把这个男孩儿弄来，至于到底杀不杀他，还是请您再考虑一下吧！"另一个仆人说。

仆人们来到老太婆家，见老太婆正在睡觉，男孩儿也躺在她身边熟睡着。仆人们偷偷带走了孩子。

而这个时候，老太婆正在做梦。

"城里的国王会派人来抢走你的孩子。你不要惊慌，也

不要担心，就当作什么事儿都没有发生。我会把你的孩子保护好的，到孩子饿的时候，我会送来，让你给他喂奶。孩子一定会平安长大。天亮后，你就对邻居说，孩子已经死了。"在梦里，那人嘱咐老太婆。

老太婆醒来后，赶忙把梦里的事情告诉了丈夫。

"我们顺其自然就好了。"丈夫对妻子说道。

第二天，夫妻俩来到邻居聚集的地方。

"我们的孩子死了，在昨天夜里已经埋掉了。"老两口儿哭诉道。

"不要悲伤了，要保重身体。"邻居们安慰他们。

在一位邻居的提议下，大家伙儿都来帮忙，为老两口儿的孩子举行了葬礼。

仆人们把孩子带到国王跟前。

"我们怎么处治这个孩子？"国王问仆人。

仆人们你看看我，我看看你，然后一起替这个男孩儿求情。

"我们把孩子放到箱子里，让他随波逐流，生死由命吧!"一个仆人建议道。

国王觉得仆人说得有道理,便吩咐他们赶紧去办。

仆人们把男孩儿装进箱子,扔进了河里。箱子顺着湍急的河水漂向了远方的一个王国……

箱子最后漂到了一个小岛上。岛上有几个渔夫看到远处漂来一个大箱子,都很好奇,猜测着箱子里装的是什么。

"箱子里装的肯定是钱!"一个人一边嚷着,一边跳进河里。

听他这么一喊,大家都跳进河里抢木箱。

渔夫们都使出了浑身解数,但都抓不到箱子。无奈之下,一个渔夫赶紧跑去报告岛上的国王。

国王听说有个装满钱的箱子漂在河上,马上派卫队长带人前去查看。

卫队长来到河边,跳下水,使出全身的力气,终于抓住了箱子。箱子很沉,他费了好大的力气才将箱子扛到岸上。

卫队长气喘吁吁地把箱子放到地上,喘息了一会儿,告诉渔夫们不能乱动，必须在国王面前打开。

渔夫们不想等待，吵着让卫队长赶紧把箱子打开。

卫队长心里其实也想早点儿看看箱子里面到底装的是什么，于是同意了渔夫们的要求。

渔夫们七手八脚地用铁棍撬开了箱子的顶盖。当箱子打开的那一刻，在场的人们都惊呆了！哪里是什么金钱宝物呀？原来是个被扔掉的男孩儿！

渔夫们认为这是个不祥之人，嘟嘟囔囔着都走了。

渔夫们走后，卫队长把箱子带到国王面前。

"国王，我们原来都以为箱子里装的是钱，但是打开一看，哪有什么钱呀，里面原来是个熟睡的男孩儿。我想，有可能是谁家嫌孩子多扔掉的。或者这孩子是私生子，怕被人知道才被扔掉的。"卫队长猜测道。

"你看，这孩子长得也挺招人喜爱，我就把他给您带来了。至于该怎么处理，一切还得听从您的安排。"卫队长对国王说道。

"哎，既然送来了，我就收养了他吧！你去把这孩子交给宫里的奶妈，让她喂养吧！等他长大成人后，我们可以把他送给城里的大国王。"国王叹了口气。

卫队长遵照国王的安排，把孩子交给了奶妈。从此，奶妈开始精心喂养男孩儿，给他取名为贝基尔。贝基尔很快就长大了，经常约其他孩子一起到河边去玩。

贝基尔一天天长大，长成一个体格健壮的小伙子。他皮肤黝黑，肌肉结实，长相帅气，整个小岛上没有一个小伙子能赶得上他。

贝基尔很喜欢玩水，很小便练成了非常高超的水上本领。再深的水，他都不会沉底；再宽的河，他都能一口气游到对岸，还能做各种水上表演。

贝基尔还会使枪弄棒，一般三四个人都打不过他。由于他练成了各种本领，加上上天的眷顾，所以生活中从来没遇到什么麻烦。

卢姆国王有一个女儿，长得非常漂亮，几乎天天有人登门提亲。但是，她一个也不答应。

"这些人中，没有一个我喜欢的。"她对父亲说道。

卢姆国王十分着急，于是决定亲自到其他地方替女儿挑选女婿。

卢姆国王一路上不辞辛苦，走了许多地方都没有遇到合适的人选。

一天，卢姆国王来到了贝基尔住的小岛上，会见了这个岛上的国王，并说明了自己的来意。

卢姆国王来选女婿的消息很快在小岛上传开了，人们争先恐后地请求本岛的国王推荐贝基尔。国王接受人们的建议，带着贝基尔拜见了卢姆国王。

"卢姆国王，我们非常真诚地给您挑选了这位英俊健壮的青年。他叫贝基尔，是在婴儿时期被装在一个木箱子里漂流到我们岛上的。他有一身好武艺，水上功夫也十分了得。"小岛的国王对卢姆国王说。

卢姆国王一听说这个孩子是用木箱装着漂来的，马上感觉到这可能与自己干的那件事儿有关，便让他们把那只箱子抬过来看一下。

刚看到箱子，卢姆国王当场晕倒在地。

其他人全都惊呆了，待他醒来后，都问他怎么回事儿。

"我是高兴的呀，我特别真诚地感谢你们。我马上写封信，让贝基尔把信送到我的宫里。婚事能不能成，还得听听

公主的意思。"卢姆国王说道。

卢姆国王把信写好交给贝基尔。

"在路上，你不得把信给任何人看，你自己也不能看，要直接送给我宫里的卫队长。"卢姆国王叮嘱他。

贝基尔哪里知道，这信里写的是要卫队长见到他后把他杀死。

贝基尔小心地把信揣在怀里，跟众人一一告别后就上路了。

几天后的一个晚上，贝基尔来到了一处丛林中，累得实在不行了，便躺在草地上睡着了。

这时候，几个强盗路过，本想从他身上搜刮一点钱财，但却发现了他怀里的那封信。

强盗们看完信的内容非常惊讶。

"国王信里说让卫队长见到这个青年后立刻杀掉他，不得违背命令。我们怎能眼看着这么好的一个青年被蒙在鼓里、不明不白地被人杀死呢！现在咱们研究一下，怎么才能救他？"一个强盗说道。

　　"我想，现在大家都知道公主的父亲在四处为她寻找伴侣。既然这个青年这么魁梧英俊，与公主应该很般配。我干脆就摹仿国王的笔体，让卫队长见到信后，不必等国王回宫，就为两个年轻人举办婚礼。你们说怎么样？"一个强盗给出建议。

　　大家都觉得这主意不错，把信写好后又偷偷放回到贝基尔的怀里。这一切贝基尔一概不知。

　　第二天天一亮，贝基尔继续赶路，不知又走了多少天，终于到了。

　　他刚来到宫门前，卫兵就拦住了他。

　　"我是国王派来送信的，他让我把信亲手交给卫队长。"他拿出国王的信。

　　卫兵把贝基尔带到卫队长面前。

　　"你确实是国王派来的？"卫队长看完信打量了一下他。

　　"是的，我就是国王派来送信的。"贝基尔回答说。

"好吧，我现在就让人把公主请来与你见面。"见贝基尔仪表堂堂，卫队长相信了他说的话。

公主见到贝基尔后，立即就喜欢上了他。

"公主，您是否喜欢这个年轻人？"卫队长问道。

"当然喜欢，他就是我梦中的人！"公主毫不掩饰。

贝基尔也被公主的美貌所倾倒。

"在这个世界上，公主就是最美丽的姑娘！"贝基尔不由自主地说道。

卫队长一听两人互相喜欢，高兴得不得了。他很快安排乐队做好一切准备，同时，把公主结婚的喜讯通知了全城。

婚礼持续了三天三夜。全城的百姓都在谈论婚礼的豪华，都在夸赞公主的美丽和贝基尔的英俊。

婚礼过后的第二十天，国王周游了一大圈后回到了自己的城里。

"那个青年把我的信送到了吗？"国王一回到王宫，便问卫队长。

"送到了，送到了，我忠实地执行了您的旨意。"

"这件事儿你是怎么办的，其他人不知道吧？"国王问。

"国王大人，我邀请了全城的百姓都来参加，在大殿为公主举行了隆重热烈的结婚仪式。"卫队长心想这回国王可要提拔他了。

"你说什么？难道你没看懂我信上是怎么说的？"国王一听，简直肺都要气炸了。

卫队长把信递给国王。国王接过信一看，信上的字体仍然是自己的，但内容完全不对。

国王也没有办法，只能面对现实，将错就错。

贝基尔知道了国王回来的消息，便急忙赶回宫里，跪拜在国王面前，向国王问安。

大臣们对贝基尔的称赞，让国王扫除了满腹的不快，心情马上好转，庆幸自己没有杀掉这么好的女婿。

不久，国王感染了风寒，病情越来越严重，五天后就去世了。

悼念老国王的活动结束后，便面临着新国王的选举。

老国王有三个儿子，为了争夺王位，明里争吵，暗里算计。

"你为什么不去参加新国王的竞选呢？"公主觉得贝基尔也应该去竞选。

"几个哥哥为了这个位置，都快打破头啦，我再去竞选，宫中就没有安宁的日子了。"贝基尔说道。

最后，贝基尔在公主的劝说下，勉强同意参加竞选。

竞选者先后发表演说，最后，贝基尔的演讲征服了所有的大臣。大臣们一致认为，贝基尔做人厚道，处事公道，他当国王，应该会让整个王国上下和谐，避免争斗。而且贝基尔还英勇善战，可以使王国免受外敌欺辱。

就这样，贝基尔成了新国王。

新国王宣誓就职的那一天，在王宫举行了隆重的典礼。典礼结束后，文武大臣护拥着贝基尔。贝基尔以新国王的身份，骑着高头大马，视察了全城。

全城百姓看到新国王这么亲和，都非常高兴，为新国王热烈欢呼、跳跃！整个城市的都充满了欢乐的气氛。

那个老太婆，也就是贝基尔的母亲，根本不知道被送走的儿子已经当上了国王。

就在贝基尔宣誓即位的那天晚上，老太婆做了一个梦。

"你的儿子已经当上国王了！不过他刚刚上任，需要处理很多事情，每天都很忙。大约三个月以后，你们母子就可以团聚了。"在梦中，那个人又对老太婆说道。

老太婆高兴得再也睡不着了，推醒了丈夫，把这个好消息告诉给他。丈夫听完后，兴奋得合不拢嘴。

在这三个月期间，他们极力克制自己思念儿子的心情，按捺住心里的冲动，严格遵照梦中那个人的嘱咐，没有去见自己的儿子。

三个月很快就过去了。这天，老太婆和丈夫来到王宫的大门口。

"你们要找谁？凭什么往王宫里闯？"卫兵拦住他们

"我是国王的母亲，我要进去见他！"老太婆大声说道。

卫兵听她这样说，感到十分好笑。

"他是躺在木箱里从河上漂来的孩子。你们是想讹诈我们国王吧？你们的胆子也太大了！"卫兵对老太婆说道。

"你说新国王是从河上漂来的，那你说，这孩子是谁生的？为什么会被扔到河里？"老太婆反问卫兵。

卫兵当然回答不上来，但也不肯放老太婆进去。

贝基尔听说宫门外有人争吵，便问仆人发生了什么事儿。贝基尔听说有人来认亲，感到十分奇怪，便传令卫兵放他们进来问话。

老太婆详细地讲述了事情的经过。

贝基尔听着自己离奇的身世，不由得流下了眼泪。他跪到老太婆跟前，满怀感激和内疚，抱着她哭起来。

从此，贝基尔和父母过上了安宁幸福的生活。

# 十二号风门

　　夜幕降临，黑暗吞噬了整个贫民窟。在一间平房里，八岁的巴勃罗呆呆地坐在灶前，回想着白天爸爸说的话。

　　"巴勃罗，我的孩子，明天跟爸爸去矿里做工吧！弟弟、妹妹们还小，爸爸一个人实在是养活不了你们。"爸爸剧烈地咳嗽起来。

　　小男孩起身从水缸里舀了点儿水递给他。

　　想到这里，巴勃罗的眼睛湿润了，从记事时起，爸爸就每天早出晚归。

　　今天爸爸咳嗽得厉害，没去上工，他这才有机会仔细看看爸爸，和爸爸说说话。

眼前的爸爸比以前又瘦了一圈，背也驼得更厉害了。

巴勃罗虽然不明白在矿里做工是什么意思，但心里已经做出了决定——明天和爸爸去上工。

爸爸已经睡着了，由于病痛的折磨，在梦中不停地呻吟。巴勃罗告诉自己，既然已经做了决定，就不要想别的了。他为爸爸披了披被角，躺在爸爸身边。

第二天，爸爸很早就起床了。家里只剩下一小块儿面包，他狠狠心切下三分之一，准备犒劳将要和他一起出去挣钱的巴勃罗，又切了三分之一给自己，最后的三分之一留给另外五个孩子。

不是他贪心，如果不吃下这三分之一的面包，根本干不了矿里的重体力活儿，可能连最基本的指标都完不成，一旦被矿里除名，家里就彻底断粮了。爸爸叫醒巴勃罗，将面包递给他。巴勃罗吃惊地看着爸爸，在他看来，这块面包实在是太大了。

"爸爸，剩下的这些给弟弟、妹妹们吧，他们正在长身体。"说完，他切下三分之一，慢慢地吃起来。

"在矿上做工不比在家里，吃少了干不了活。"爸爸又将巴勃罗留下的面包分成两份，递给他一份。

看到爸爸忧伤的表情，巴勃罗没再说什么，乖乖地将面包吃掉。

很快，爸爸带着巴勃罗出门了。

煤矿距离他们家约三公里路程。爸爸特意提前带着巴勃罗来到煤矿，准备在开工前，替他申请一份儿活，并教会他。一路上，巴勃罗有意讲起和弟弟、妹妹们玩耍的事儿，来哄爸爸开心。

看到爸爸紧锁的眉头舒展开来，巴勃罗开心地笑了。

他们走了半个小时，来到煤矿，巴勃罗感到非常新鲜。

爸爸带着巴勃罗领了矿灯，钻进升降机。井口黑洞洞的，巴勃罗十分恐惧。

升降机隆隆作响，快速下降，巴勃罗本能地紧紧抓住爸

爸的双腿，害怕极了。

巴勃罗觉得自己正在坠入黑暗的深渊，一双大眼睛恐惧地瞪着阴森的井壁。

升降机突然没了声音，快速沉下去，巴勃罗感觉得出他们正以令人眩晕的速度向井底坠落。

水滴敲打在升降机的铁盖上，发出沉闷的声响，周围一片寂静。

矿灯似乎快要熄灭了，借着微弱的灯光，巴勃罗模糊地看到一串串黑影箭一般朝上飞去。

巴勃罗恐慌到了极点，心中不停地盘算着怎样离开这里。他觉得矿井是个丑陋的庞然大物，正张着血盆大嘴将他们吞入腹中，而它的肠胃仿佛没有尽头。铰链发出刺耳的声响，升降机减慢了速度，终于停了下来。

巴勃罗站在原地缓了好一会儿，双腿才停止了颤抖。

升降机的门正对着巷道的入口，爸爸牵着巴勃罗的手走进黑暗的巷道。

巷道很高，他们可以站直身子行走。巴勃罗仰头望去，巷道上方到处都是用粗大的支架支撑起来的顶板。而巷道的两侧，则隐藏着一些阴森森的矿洞。他们走了大约四十米，在一个矿洞前停下来。

矿洞的上方，黑乎乎一片，挂着一盏铁皮灯，微弱的灯光使矿洞显得异常幽暗。

矿洞里面，一个小老头儿正伏在桌上，用一本大登记簿记着什么。他的黑衣服使他那张布满皱纹的脸显得格外苍白。小老头儿是矿上的领班，拥有决定矿工去留的大权。

爸爸带着巴勃罗走进矿洞，小老头儿听到脚步声抬起头，用疑惑的目光盯着这一老一小。

"先生，我把孩子带来了。"爸爸胆怯地走上前，低声下气地说道。

小老头儿的小眼睛在巴勃罗身上扫了扫。他眼里的这个孩子四肢细瘦，面孔苍白，长年的营养不良使他看起来要比同龄的孩子小两岁左右，两只发亮的眼睛睁得大大的。巴勃罗不自在起来，慢慢低下了头。

"我说，这孩子看起来很虚弱，是你的孩子吗?"小老头儿看够了孩子，又将目光移向巴勃罗的爸爸。

"是我的孩子，他有的是力气!"爸爸惶惑地注视着他。

小老头儿似笑非笑地望着这对父子，半天没说话。

"是的，先生，我……有的是力气，我什么活儿……都能干。"巴勃罗虽然对矿井充满了恐惧，但想到弟弟、妹妹们缺衣少食，还是鼓足了勇气结结巴巴地开了口。

听到他们怯懦的答话，小老头儿心软了。

唉，眼前这个小家伙怎么会知道矿井是个什么地方，怎么会知道在这里做工就意味着伤残、死亡、疲惫、孤单、恐惧，可怜啊！

想到这里，小老头儿绷紧的脸松弛下来。

"他年龄还小，先让他在学校待一段时间，再把他送来下葬也来得及。"他目光冷酷地看着巴勃罗的爸爸。

爸爸垂下头，躲开了儿子迷茫的目光，将一双布满伤痕的大手紧紧攥在一起，由于过度用力，指节微微泛出了白色。他何尝不知道井下的危险，塌方、瓦斯爆炸随时都会降临到矿工的身上，今天是你，明天是他，后天就可能是自己或自己的孩子。

但有什么办法呢，谁让巴勃罗投胎到矿工的家庭，当了矿工的儿子呢，这是他的命。

"先生，我们一家七口，只有我一个人干活。巴勃罗已经八岁了，应该自立了。在矿井里干活儿，有力气就足够了，去学校也是浪费时间。而且，先生有所不知，我们一家人连肚子都填不饱，哪有闲钱供他读书啊！"爸爸嘶哑的声音里夹杂着哀求。

其实，爸爸怎么会不知道，成为矿工将意味着儿子被剥夺嬉戏玩耍的童年生活，将在阴暗潮湿的巷道里劳作一生，最后慢慢地枯萎而死。

他的思绪突然被一阵剧烈的咳嗽打断，但湿润的眼睛里仍流露出恳求的目光。

巴勃罗的神情变得忧郁起来。小老头儿终于被打动，拿起一个哨子吹了两声。一阵急促的脚步声将一个黑影带到矿洞里。

巴勃罗看到一个高大的年轻人走了进来，装束和爸爸差不多，一看就知道也是一个矿工。

"胡安，你把这孩子领到十二号风门，让他接替昨天被煤车撞死的那个孩子。"小老头儿吩咐道。

爸爸长舒了一口气，连连道谢。巴勃罗神情复杂，不知道该为这件事情感到高兴还是害怕。

巴勃罗非常想为爸爸分担忧愁，然而他毕竟只是一个八岁的孩子，一下子面对黑暗的矿井，又几次听到"死亡"这个可怕的字眼，使他陷入深深的恐惧之中。

"我知道你上星期没采够五车煤，那可是最低定额。你要留神，小心将你除名!"小老头儿并不理睬爸爸的道谢，打发三个人赶紧走。

巴勃罗再一次陷入恐慌，如果爸爸被开除，一家人连面包都吃不上了，那该怎么办呢?

他看到爸爸眉头蹙在一起，脸上露出愁苦的神情。

三个人一声不响地离开了光线昏暗的矿洞。

青年矿工在前面带路，爸爸牵着巴勃罗的手，深一脚浅一脚地跟在后面。

漆黑的巷道更加增添了巴勃罗的恐慌，他猜想着巷道通向何方，他干活的地点会是什么样子，那个孩子是怎么被撞死的。

爸爸把头埋在胸前，默不作声。小老头儿话里话外含着威胁，令他惶惑痛苦。

爸爸越来越虚弱了，一天比一天接近能干活和不能干活的分界线。年老的矿工一旦越过了这一条分界线，将意味着

已经成了一块没用的废料。爸爸非常伤心，干了那么多年的重活，而今只剩下一个精疲力竭的身躯，而且这个身躯也将在不久的将来被抛出矿井。

这半个月来，他早起晚睡，每天不顾死活地干活，在狭窄的矿道里像虫子一样爬行，可还是完不成五车的定额。

随着巷道的延伸，爸爸陷入更深的悲哀之中。他年轻的时候，曾看到很多老矿工在潮湿的矿洞里长年累月地劳作，累弯了腰。那时他还年轻力壮，还嘲笑过他们。

而现在，他也和当年的老矿工一样，弯腰驼背，每天早晨一接触到煤层就心惊肉跳。

可是，不干活可能连少量的粗面包也挣不到，那么自己和家人就要活活饿死，一代代矿工都是这样过来的。

而老板们什么都不用干，还穿得好，吃得饱，孩子每天体体面面地去学校读书，将来会当上老板，管理矿工的子女们。这到底是为什么呢？一个声音在爸爸心底怒吼着。

带路的青年矿工突然停住，这打断了爸爸的沉思。一扇大门挡住了他们的去路。巴勃罗看到，在靠墙的地面上，蜷缩着一个年龄和他相仿的男孩子。在昏暗的灯光下，他仿佛是一尊没有生命体征的雕像，胳膊肘支在膝盖上，瘦弱的双手捧着惨白的脸，只有微弱的呼吸还能证明他是个活物。

男孩子一声不响地坐在那里，似乎并没有觉察到三个人的到来。青年矿工一副司空见惯的样子，也不和他打招呼，推开风门，带着巴勃罗父子穿了过去，将男孩子留在黑暗中。巴勃罗惊呆了，机械地跟着两个大人迈步。但男孩子的身影总是在他脑海中挥之不去，那双没有表情的大眼睛一动不动地朝上瞪着。

巴勃罗突然想，不知道自己将来会不会和他干一样的活，会不会变成另外一个他，在无边的黑暗中生活和劳作，过着囚犯般的日子，终日不见阳光和雨露。

想到这里，巴勃罗有些绝望了，更加恐慌。

穿过风门，三个人进入一条狭长的巷道，走出大约五百米，钻进一个高高的运输巷道，水滴不住地从顶板上落下来。远处不断传来低沉的撞击声，仿佛一把铁锤在他们的头顶上敲击。

原来矿井建在大海之下，声音是海浪拍击岸旁的礁石发出的。

"到了。"青年矿工在一扇木门前停下。

这里依然昏暗，借助矿灯发出的光才能勉强能够看清大门。巴勃罗不明白"到了"是什么意思，一声不响地瞪着两个大人。他们交谈了几句，然后开始教他如何开门和关门。

巴勃罗按照他们的指点，把十二号风门推开又关上，反复多次。

爸爸的脸上流露出复杂的表情。他曾担心，凭巴勃罗那点儿气力也许干不动这个活，同时又希望他真的干不动，那样就可以把他送回地面，过些日子再来。

爸爸用长满老茧的手抚摸着巴勃罗蓬松的头发，陷入更深的愧疚之中。

爸爸的爱抚，使巴勃罗一时忘记了惶恐。从早上到现在，有太多可怕的场面进入他的脑海，弄得他心神恍惚、手足无措。

爸爸的心里进行着激烈的斗争，一方面，希望巴勃罗能够承担起这份工作，这样，到了自己无法劳作之时，一家人不至于饿死，另一方面，又实在不忍心让巴勃罗小小年纪就在死亡线上走过漫长的一生。

突然，矿道的远处闪出一点儿灯光，随即传来车轮子在轨道上行驶时发出的轰隆声，然后是沉重的马蹄声。

"煤车来了！"两个大人叫喊道。

"赶快，巴勃罗！"爸爸声音都变了。

巴勃罗紧紧握住拳头，用小小的身体撞开风门。一匹拉煤的黑马在他面前飞驰而过。

巴勃罗终于明白那个孩子为什么会被撞死了，如果开门的速度稍慢一些，或者身子没有及时贴到墙壁上，就会被满载煤块的马车撞倒。

两个大人相互看了看，满意地笑了。

"巴勃罗，你现在不是一个娃娃了，是一个富有经验的看门工了。你和地面上的娃娃们已经不一样了，他们不过是一些成天围在妈妈裙边打转的孩子，而你则是一个男人，一个可以自己挣面包的男人了!"爸爸弯下高大的身躯。

巴勃罗第一次感觉到死亡离自己这么近，所以并没有觉得做个小娃娃有什么不好。

他似懂非懂地望着爸爸，不知道他接下来会说些什么。

巴勃罗还抱有一线希望，希望两个大人中至少有一个会始终和他在一起。

"巴勃罗，你现在已经是一个男子汉了。现在，你要一个人留在这里，不能有丝毫闪失，一听到煤车过来，就及时把风门顶开。"爸爸继续叮嘱着。

巴勃罗最后的心理防线终于崩溃了。

"不，爸爸，我要回家! 这里太黑，我害怕!"他感到无边的恐惧正从四面八方袭来，大哭起来。

"别害怕，这里和你差不多的孩子多着呢，我们路上不就遇到过一个。我干活的地方离你很近，会时常来看你的。"爸爸安慰道。

巴勃罗越听越害怕，两手死死地抓住爸爸的衣服不放，想到那个一副死人模样的孩子，想到那个被车撞死的孩子，忍不住放声痛哭起来。

他宁愿在地面干最累最苦的活儿，也不想在这里停留一分钟。

巴勃罗一心想赶快离开这个地方，回到弟弟、妹妹们的身边，回到阳光明媚的地面。

尽管爸爸耐心地安慰他，和他讲道理，可他一点儿也听不进去，自顾自地发出凄惨的叫唤，一声比一声可怜，一声比一声迫切。

看到孩子用一双闪动着泪花的眼睛望着他，一脸悲伤，爸爸流露出痛苦的表情。

隐伏在他心灵深处的父爱，突然爆发出来，自己四十年来所受的磨难，立刻浮现在眼前。想到同样悲惨的命运将降临到自己儿子的身上，爸爸突然想抗争，同矿井这个贪得无厌的怪物去争夺这条小生命。

然而，想起贫穷的家，想起家里几个缺吃少穿的儿女，想起自己逐渐衰老的身子，爸爸刚刚燃起的反抗的怒火又一下子熄灭了。

矿井是绝不会放过任何它已经捕获的东西。祖祖辈辈都是这样，它从矿工母亲们的膝下，将她们还没有长大的孩子夺去，把他们变成受人蔑视的穷光蛋。

在井下，儿子接替父亲，就像一条没有尽头的锁链，用一个个新链环替补磨损了的旧链环。

由于经常吸入有毒气体，孩子们变成脸色苍白、虚弱无力的畸形儿，这就是他们的命，他们就是为这个而生的。

于是，爸爸把心一横，从腰间解下一条结实的麻绳，将绳子的一端系在巴勃罗的腰部，另一端拴到粗大的铁柱上。

铁柱上还残留着一些麻绳头儿，可见这种事情已经不是第一次。

看见爸爸捆住自己，巴勃罗吓得半死，惊恐万状地号哭，不断地哀求和反抗，死死抱住他的双腿不放。

爸爸费了好大劲儿才把他的手掰开。巴勃罗的哀求声和号哭声充斥了整个巷道。

世间的罪恶和不平迫使爸爸不得不对自己的亲生骨肉下手，而这些，巴勃罗是无论如何都无法理解的。

巴勃罗呼唤着正在离开的爸爸，声音是那样凄惨，那样令人心碎。爸爸又一次动摇了。

然而，他一咬牙，用手捂住耳朵，转身走了。爸爸在离开巷道之前又停了一下，仔细搜寻那个呼唤着"爸爸"的细弱哭声。

一离开巷道，爸爸就疯子一样奔跑起来，一直跑到自己的干活地点才停下来。

他一把抓起手镐，将痛苦变成怒火，咬牙切齿地向煤层发泄。

手镐嵌入黝黑的煤面，将一块块煤凿下来。煤块很快在爸爸两腿之间堆积，煤尘像一层厚纱，将矿灯的光芒遮挡。

一些小煤块四下飞舞，刺伤了爸爸的脸、脖子和坦露的胸膛。

他汗流浃背，鲜血夹杂着汗水滚落下来，无望地一镐一镐地刨着。

爸爸牵挂着可怜的儿子，不知道他是不是还在哭，煤车过来时有没有力气推开那扇风门，有没有快速躲开飞奔的煤车，会不会被那根拴着他的绳子绊倒。

巴勃罗哭喊累了，跌坐在地上。这时，第二辆煤车飞驰过来，他用尽吃奶的劲儿将风门顶开，然后将身子紧贴在墙壁上。

巴勃罗坐下来，四周一片漆黑，只有矿灯闪着微弱的光。他知道，爸爸是实在没办法才把自己送到这里，自己是家里最大的孩子，如果不早点儿出来做工，等到爸爸真的被除了名，全家人都会饿死。

他幻想着一个大力士会突然降临，挥拳把矿井砸烂，将矿工们营救到地面，送给他们足够一家人吃的面包。

# 大海的女儿

太平洋的海水蔚蓝清澈，海滩边常有被海水冲上岸的贝壳。海岸上的岩洞里，散落着海鸟下的蛋。

少风的日子里，在海边拾贝壳、捡鸟蛋应该是一件不错的事情。可是，这对于一位上了年纪的老妇人来说，依然很艰难。

她很穷，除了空荡荡的茅草屋什么都没有。但是，老妇人不能离开这里，因为没有可以投奔的亲人。她就这样和茅草屋相依为命，过了大半生的时间。

老妇人身体不好，只能靠捡鸟蛋、拾贝壳来维持生计，有时候也到海边捉一些小鱼，虽然枯燥而乏味，但靠着大海，总不至于饿死。

老妇人时常幻想美好将来，想着衣食无忧，房子会更稳固，也许还会有一个孩子陪伴着自己过余生。可是，日子就这样一天天过去了，她所想象的将来都没有到来。

这天夜里，天气很糟糕，狂风席卷大地的声音要把老妇人的心撕碎了。

"要是能有一个孩子陪伴自己，也许我就不会这么害怕了，不知道这样的鬼天气还要持续多久，家里已经没有什么可以充饥的食物了。"想到这里，她很伤心。

"如果明天是晴天，我就可以去海边捡很多贝壳和小鱼了。"老妇人又变得开心起来，怀揣美好愿望进入了梦乡。

这一晚，她睡得很安详。第二天早上，老妇人睁开眼睛，没有立刻起床，而是在床上静静听着，确认没有风雨雷电的声音，才慢慢起来。

风雨虽然停住了，但是远处的海浪看起来还很大。老妇人拄着一根木棍走到海边，看到了比平时多十倍的鱼虾和贝壳，开心极了，弯下腰去捡离自己最近的贝壳。

突然，一个大浪迎面扑来，老妇人还没等拾起贝壳，就被扑倒在海滩上。海水浸泡着她的身体。她突然发现水里有什么东西在动，仔细一看，竟是一只大螃蟹，看上去足够吃一个星期。老妇人连拖带拽，终于把它弄回茅草屋，没顾得上休息，又背着背篓回到海边。

大约过了半个小时，老妇人的背篓就已经装满了。虽然重重的背篓使她的步履变得艰辛，可是每走一步，老妇人都觉得自己离幸福更近一步。推开屋门，眼前的一幕让她傻了眼，那只大海蟹从肚子处变成了两只，紧紧连在一起。

于是，老妇人用斧子在两只螃蟹连接处剖开。螃蟹肚子里居然坐着一个小女孩儿。

她的皮肤像珍珠一样白皙，眼睛像海水一样湛蓝，嘴唇像花瓣一样惊艳，头发又长又密，把整个身体都遮住了。

老妇人小心翼翼地把小女孩儿从螃蟹肚子里抱出来，生怕弄疼了这个仙女一样的孩子。

接着，她把小女孩儿的头发分开，发现这个孩子没有腿，下半身是一条鱼尾巴。

"难怪会这么漂亮，原来是美人鱼。可是，我该怎么办呢?"老妇人有点儿为难了，不知道如何安置她。

想了很多办法，她都觉得不行，打算去问问高人。高人

是老妇人的一位女邻居。这位女邻居是巫师，神通广大，可以看到过去、预见未来。

老妇人又把小人鱼放回到螃蟹肚子里，然后用一张结实的鱼网拖住螃蟹，用尽全身力量，一步一步把螃蟹拖到巫师家。巫师给她倒了一杯水，让她坐在椅子上休息一下，然后开始仔细端详这条美人鱼。

"这孩子是海王后的女儿。"她边端详美人鱼边说。

"什么，您说她是海王后的女儿，那就是海公主？"老妇人有点儿不相信自己听到的话。

"是的，没错，她是一个公主。海王后把海公主藏在螃蟹肚子里，为的是不让海豹发现，不然的话，海公主可能就没命了！"巫师回答。

后来，巫师建议老妇人把海公主带到最近的海边，把她放在一块被海水磨平的岩石上，守候在她身边。

如果这样做，老妇人就会知道一切。老妇人一切照做，把海公主放好之后，躲在岩石后边，偷偷守护着她。

忽然，她听到有人在叫自己，赶紧站起来。老妇人看到海面上出现了一位美丽贵妇，微笑着向自己招手示意。

贵妇也有着白皙的肌肤和很长的头发，头发上还点缀着光泽亮丽的珍珠，笑起来的样子真的是美极了。老妇人端详着她，发现这位美丽的贵妇也没有腿，是条美人鱼。

贵妇来到老妇人面前，说起自己的经历。原来，她就是海王后，小人鱼公主正是她的女儿。

一直以来，海王后和海王幸福地生活着，还有一个美丽可爱的女儿。

海洋里有一只邪恶的海豹，得知海公主貌若仙女，就想据为己有，发誓要和她结婚。

海王和海王后当然不能同意把女儿嫁给这么一个坏家伙。所以，海豹一直怀恨在心，并伺机报复。

终于有一天，在海王巡视海底牧场的时候，被海豹和它的随从伏击，结果重伤不治，去世了。这些回忆仍然令海王后痛苦万分，她多么希望可以回到丈夫去世之前的日子，一家人有说有笑。可是，一切再也回不去了，她不禁泪流满面。后来，海王后忍痛将自己的女儿藏进螃蟹肚子里，以此来避免海豹的纠缠。

听完事情的来龙去脉，老妇人非常难过，心疼这对不幸的母女，憎恨那个可恶的海豹。

这时候，海王后请求她代为照顾海公主，希望海公主在能和海豹抗衡的时候回到大海。

老妇人同意了她的请求。为了感谢老妇人，海王后送给她很多鱼虾，以保证她们的生活。

就这样，老妇人带着海公主回到茅草屋。看着眼前美丽可爱的女孩儿，她的心都要融化了，可每每想到可恶的海豹，就恨不得亲手杀死它。

老妇人像对待自己的亲孙女一样对待海公主，给她讲故事，教她背儿歌，还时常带她到海边，学习一些水下本领。

有时候，老妇人会自私地希望海公主不要长大，不要回到海里去，这样就能一辈子守在自己身边。可是，每次想到这儿，她便开始深深地自责，脑海里总是浮现出海王后泛着泪光的眼睛。老妇人觉得自己不可以这样霸占着海公主，海公主是属于大海的，大海才是她真正的家。日子就这样一天天过去了，海公主渐渐长大，变得美丽动人，比她的妈妈还要美丽，同时，浑身充满了力量，不怕一切水妖海怪。

老妇人很开心，因为海公主一定可以为父报仇。同时，

她也很忧伤，因为自己害怕分别，孤单了一辈子，在晚年遇到这份天赐的礼物，可是美好的日子即将结束了。

虽然不愿意分开，但离别的日子还是到了。这天，风和日丽，海王后在浅海区等待着女儿和老妇人。

"我要带女儿回大海了，您和她在一起这么多年，一定很难过。"她对老妇人说。

"亲爱的海王后，我很舍不得她，不过可爱的海公主一定要回到大海，毕竟那里才是她真正的家。"老妇人说。

听完老妇人的话，海公主一下子扑到她的怀里。她在心里早就把老妇人当做亲奶奶了，哪个孙女舍得离开一直和自己相依为命的至亲呢？

"别哭，我的孩子，只要你的心里有我，我便心满意足。你是我唯一的亲人，我要你快乐。"老妇人为海公主擦去眼泪。

天色渐暗，海王后和海公主离开了。老妇人看着她们消失在海平面后，默默走回自己的茅草屋。夕阳把她的影子拉得很长。拖着无比沉重的脚步,老妇人终于回到茅草屋。

"这里不会再有别人,不会再有围着自己玩儿的小女孩儿,一切回归原样,世界重新变得那么安静。"老妇人无力地坐在床上,抚摸海公主睡过的地方,回忆两个人在一起的开心日子,一切都那么美好。

就在这样美丽的回忆中,她睡着了,做了一个梦。梦里海公主还是个小孩子,跟在自己身后,像是一条甩不掉的小尾巴。第二天醒来,老妇人无比思念海公主,几天后就生病了。一天夜里,病中的老妇人正在床上思念海公主。没想到,海公主突然回来了。

原来,海公主大仇已报,本来回来要和奶奶一起分享喜悦,没想到奶奶因为思念自己而病了。海公主很难过,守在老妇人床边,向她倾诉思念之情。老妇人在她的安抚下,安然入梦,第二天一早病就好了。

打那以后,海公主经常回来探望老妇人,而且每次都会带来很多珍珠和海贝。

　　老妇人终于过上了安稳的日子，总是到海边初次遇见海王后的那块礁石上去等待海公主。

　　海公主有时会顽皮地突然跳出海面，陪老妇人待一会儿。虽然时间不是很久，但这足以让老妇人开心一整天。

　　日子就这样一天天过去了，直到她去世的前一天，都是开心而富足的，因为大海和大海的朋友给了这个善良的老妇人美好的一切。